Pour écouter les histoires de *L'espionne*
racontées par Marie-Aude Murail,
scannez ce QR code ou rendez-vous sur
bayard-jeunesse.com/audio
et saisissez le code suivant
dans la zone prévue à cet effet :
ESPIONNE22

3e édition

Dépôt légal : janvier 2021
ISBN : 979-1-0363-1842-9

Impression réalisée par Aubin
pour le compte des Éditions Bayard
Imprimé en France - août 2022

MARIE-AUDE MURAIL · ÉGLANTINE CEULEMANS

L'ESPIONNE

1

bayard jeunesse

L'ESPIONNE

1

007 EN FAMILLE

Ce mardi-là, je suis rentrée à la maison, désespérée. J'avais eu 2 sur 10 en conjugaison. Pourtant, j'avais tout bien trouvé le passé composé des verbes : « nous avons allés, j'ai tombé ». Mais madame Maillard a écrit sur ma feuille : « C'est à revoir ! » Elle n'est jamais contente, cette maîtresse !

J'ai posé ma feuille de conjugaison sur mon bureau. Le plus ennuyeux, c'est que madame

Maillard veut que les parents signent les contrôles. Papa allait encore faire des histoires parce que je regarde trop « Fantômette » à la télévision au lieu d'apprendre mes leçons. Et si j'imitais la signature de maman ?

J'ai entendu claquer la porte d'entrée. J'ai cru que c'était maman. Hop, j'ai caché ma feuille de contrôle dans ma bande dessinée de « Boule et Bill ». Tout de suite après, j'ai réfléchi que ça ne pouvait pas être maman. Il était trop tôt.

Ce n'était pas non plus ma sœur.

Je l'entendais rire avec sa copine de l'autre côté de mon mur. Alors, par déduction, je me suis dit que c'était mon frère aîné. Je connais le mot « déduction » parce que, comme métier plus tard, je veux faire espionne. Mon frère m'appelle 007, comme James Bond.

Je m'entraîne souvent à espionner.

Ce mardi, je suis ressortie de ma chambre sur

la pointe des pieds pour aller espionner ma sœur. Elle a treize ans. Elle s'appelle Alizée, mais mon frère l'appelle Boubouillasse.

Souvent, Boubouillasse parle des garçons de sa classe avec sa copine. C'est très, très intéressant.

Le couloir était tout noir. Mais je m'entraîne aussi à marcher dans le noir. Les espions se retrouvent souvent dans des caves ou des tunnels. Malheureusement, ma sœur avait laissé traîner son sac à dos devant sa chambre.

Je me suis pris les pieds dedans. Je suis tombée sur la porte et je l'ai ouverte sans le faire exprès.

Ma sœur était assise en tailleur avec sa copine. Elle s'est levée d'un bond en criant :

– Qu'est-ce que tu fais là ? Tu arrêtes d'espionner !

Elle s'est retournée pour cacher ce qu'elle avait dans la main.

Mais j'ai un œil bionique. J'ai vu que c'était une cigarette.

– Tu as peur de ta sœur ? s'est moquée sa copine.

Elle avait aussi une cigarette à la main. Elle a envoyé la fumée en l'air pour faire sa belle :

– Moi, mes parents sont au courant.

– Moi, si mon père le sait, il m'assassine, a répondu Boubouillasse.

Elle a agité la main devant elle comme si elle voulait me claquer :

– Alors, toi, hein ? Tu la fermes !

J'ai dit :

– Je ne dénonce jamais.

C'est vrai. J'espionne, mais je garde pour moi. D'ailleurs, tous les espions font comme ça.

Je suis ressortie de la chambre de ma sœur. Dans le couloir, j'ai entendu la musique de samba que Noël écoute tout le temps. Mon frère s'appelle Noël, comme la fête. Il est complètement fou. Et, en plus, il a dix-neuf ans.

Et, en plus, il est beau.

J'allais retourner dans ma chambre quand j'ai entendu un rire qui venait de chez Noël. Un rire très, très intéressant. J'ai posé mon oreille contre la porte comme fait le docteur pour ausculter. Mais ce n'était pas mon jour de chance pour l'espionnage. Mon frère avait mal refermé sa porte, et elle s'est entrouverte dès que je l'ai touchée. Noël était avec une fille que je ne connaissais pas, et il l'embrassait comme à la télé. Quand il m'a vue, il s'est écarté de la fille :

– 007 ! Tu fiches le camp !

Il m'a refermé la porte au nez. Très, très intéressant, le métier d'espion.

2

BOUBOUILLASSE EN DANGER

Le jeudi suivant, j'ai appris une nouvelle terrible pour ma sœur. Elle était en danger. C'est la dame de la Prévention qui est venue dans notre classe nous parler du danger.

– Vous êtes en CM1, et vous n'avez sans doute jamais touché à une cigarette. Je vais donc vous expliquer pourquoi vous avez tout intérêt à ne jamais essayer de fumer.

Elle a fait une expérience très, très intéressante

avec une poire qui aspire la fumée d'une cigarette. Après, la poire recrache la fumée dans un coton qui devient tout noir !

– Voilà à quoi ressemblent les poumons d'un fumeur, a dit la dame de la Prévention en nous montrant le coton dégoûtant.

Tout le monde a fait : « Ouahhh ! » et, moi, j'ai pensé aux poumons de Boubouillasse. J'ai levé la main.

– Oui, Romarine ? a fait la maîtresse.

Madame Maillard m'appelle par mon vrai nom, Romarine. J'ai demandé :

– C'est pour savoir si on peut encore respirer avec des poumons tout noirs, ou si on est mort ?

La dame de la Prévention m'a expliqué qu'on pouvait avoir plein de maladies avec la cigarette, des angines de poitrine et des cancers du poumon.

La vraie catastrophe, quoi. Ce qui m'a achevée, c'est quand elle a dit :

– Plus on commence à fumer jeune, plus on est menacé. Tu connais peut-être des jeunes qui fument autour de toi ?

Elle essayait de me faire parler. Elle ne savait pas que je m'entraîne au métier d'espion. J'ai dit : « Non, non » d'un ton très naturel.

Quand je suis entrée dans le salon de ma maison, j'avais la tête toute pleine des explications sur la cigarette. Et là, horreur ! j'ai vu ma sœur, assise sur la moquette avec sa copine, et elles fumaient en regardant la télé.

J'ai crié :

– Mais tu es folle ou quoi ?

– Oh, arrête, a fait Boubouillasse. Je vais aérer après. Papa ne s'apercevra de rien.

– Mais c'est pas ça ! Ça donne le cancer de fumer !

La copine de ma sœur s'est mise à ricaner. J'étais folle furieuse.

– Mais si, c'est vrai ! C'est la dame de la Prévention qui l'a dit à l'école !

Comme l'autre idiote rigolait toujours, je me suis jetée sur ma sœur pour lui enlever sa cigarette. Boubouillasse est tombée à la renverse. Et là, re-horreur ! sa cigarette a roulé par terre. Elle a fait un mégatrou sur la moquette beige toute neuve ! On est restées toutes les trois immobiles et la bouche ouverte.

– Quel bon génie vous a changées en statues de sel ? a dit une voix dans notre dos.

C'était Noël. Ma sœur s'est mise à répéter : « Qu'est-ce qu'on va dire ? Qu'est-ce qu'on va dire ? » comme un perroquet zinzin.

Noël a examiné le mégatrou à côté du canapé, puis il a décidé :

– On va mettre un des fauteuils pour cacher le trou.

– Super ! ont crié les deux filles.

On a déplacé le fauteuil. Il n'y avait plus qu'un petit problème : le fauteuil était collé au canapé.

– On va pousser le canapé, a proposé mon frère.

– O.K., ont fait les deux filles, un peu moins contentes.

Mais là, du coup, il y avait un autre petit problème : le canapé n'était plus en face de la télévision.

Donc on a poussé le meuble de la télé, mais on a dû aussi reculer la lampe qui était à côté. J'ai remarqué :

– La lampe est trop près de la table, maintenant.

Donc, on a poussé la table, mais une des chaises s'est retrouvée dans le couloir. Les filles étaient catastrophées, et Noël était mort de rire. Moi, je ne savais plus si c'était drôle ou si c'était affreux.

– Je vais mettre la chaise dans ma chambre, a dit Noël. Depuis dix minutes, j'ai besoin d'une autre chaise.

Le soir, papa a eu l'air surpris en regardant autour de lui.

– Mais qu'est-ce que c'est, tout ce chambard ?

Maman n'était pas au courant. Elle a regardé

aussi autour d'elle. Ma sœur était toute rouge.

– Ah oui, a fait Noël, je ne vous ai pas dit ? Je veux être architecte d'intérieur. Je vais déménager tout l'appartement pour m'entraîner.

Papa a regardé maman :

– Il est fou ?

– C'est ton fils, mon chéri, a dit maman.

3

007 PASSE À L'ACTION

Le lendemain, j'avais deux soucis graves. Le premier, c'était Boubouillasse. D'un côté, je ne pouvais pas la dénoncer à papa parce que ce n'est pas prévu dans le métier d'espion. D'un autre côté, je devais l'empêcher de se faire des poumons tout noirs.

Comme autre souci grave, j'avais mon contrôle de conjugaison qui avait disparu. Si je ne le rapportais pas lundi à la maîtresse, j'étais morte.

J'ai demandé à Boubouillasse :

– Tu n'as pas vu un papier qui traînait avec des conjugaisons dessus ?

Elle m'a répondu qu'elle s'en moquait complètement. J'ai soupiré. D'habitude, quand je perds quelque chose, je pleure, et maman cherche à ma place.

Mais là, ce n'était pas possible parce que j'avais fait sa signature sur le contrôle. Les espions imitent les signatures, non ? Mais, dans « Fantômette », ce sont plutôt les méchants espions qui le font.

Le soir, j'ai repensé à mon contrôle. Ma sœur était très capable de me le cacher, rien que pour se venger du trou dans la moquette. Il fallait que je fouille sa chambre. J'ai mis mes gants de ski pour ne pas laisser d'empreintes, et j'ai attendu que Boubouillasse aille dans la salle de bains faire sa toilette. Elle en a toujours pour une heure.

Dans le noir et sur la pointe des pieds, je suis allée jusqu'à sa chambre. J'ai allumé ma lampe de poche. C'est un porte-clefs-lampe de poche, qui fait juste un minuscule rond de lumière. En plus, les gants de ski, ce n'est pas très pratique pour fouiller.

J'ai soulevé des classeurs, l'agenda de textes, la trousse.

Tout d'un coup, dans le deuxième tiroir du bureau, sous le cahier d'anglais, j'ai trouvé… le paquet de cigarettes. Vite, je l'ai pris. Vite, je suis ressortie. Vite, je l'ai caché sous mon oreiller. Hou, cette peur ! Je me suis mise à rire. Mais c'était nerveux.

Le lendemain, j'étais assez contente en revenant de l'école. Madame Maillard nous avait interrogés sur les dangers de la cigarette. J'avais eu 10. Mais ça ne me rendait pas mon contrôle de conjugaison.

Au salon, mon frère était dans le fauteuil, celui qui cache le trou. Il lisait « Boule et Bill ». J'ai tout de suite crié :

– Dis donc, te gêne pas ! C'est MA bande dessinée !

– Oui, a répondu Noël, et ça, c'est TON contrôle !

Il m'a montré une feuille de papier :

– C'était dans la bande dessinée… Pas terrible, ton imitation de signature.

Je l'ai regardé de travers. Il allait me dénoncer ou quoi ? Mais j'avais un moyen de le faire taire.

– Tu sais, moi, je peux dire à papa pour la fille qui était dans ta chambre…

On s'est dévisagés, Noël et moi.

– Tu sais comment ça s'appelle, ce que tu fais ? m'a demandé mon frère

Dans le dernier épisode de « Fantômette », il y avait le Masque d'argent qui faisait du chantage. J'ai senti que j'allais pleurer. J'ai secoué la tête, et j'ai bougonné :

– Je ne dis jamais rien.

Noël m'a tendu ma feuille en récitant pour se moquer :

– J'ai tombé, tu as tombé…

Une fois dans ma chambre, j'ai pris mon effaceur d'encre et j'ai enlevé la fausse signature. Puis j'ai repensé à ma sœur. Le paquet de cigarettes ! Mes cheveux se sont dressés sur ma tête. J'avais oublié le paquet sous mon oreiller. J'ai regardé mon lit. Ce matin, il était défait. Là, la couette était remise. J'ai passé ma main sous l'oreiller. Plus rien ! J'ai marmonné :

– Super…

Et je me suis assise sur mon lit, complètement découragée.

4

NOËL À LA RESCOUSSE !

Au dîner, quand maman m'a regardée, j'ai compris que ça allait mal se passer.

– Dis-moi, Romarine, qu'est-ce que ce paquet faisait sous ton oreiller ?

Elle avait l'air plus étonnée que fâchée.

– Des cigarettes ! s'est écrié papa.

Lui, il avait l'air plus fâché qu'étonné. Oh là là, qu'est-ce que je fais ? Je dénonce ma sœur ? Un espion ne doit pas dire ce qu'il sait. Mais je n'avais pas trop envie d'être punie à la place de Boubouillasse.

– Mes cigarettes ! s'est exclamé Noël. Je les ai cherchées partout.

Il s'est tourné vers moi en clignant discrètement d'un œil :

– Tu voulais m'empêcher de fumer ?

– Parce que tu fumes ! lui a dit papa, le ton pas content du tout.

Maman lui a fait remarquer que son fils avait dix-neuf ans.

– Mais bien sûr ! a dit papa. Il a dix-neuf ans ! Il fait ce qu'il veut ! Architecte d'intérieur, fumeur ! Tu sais de quoi il est mort, ton oncle ? De deux paquets de cigarettes par jour ! Il avait commencé à quatorze ans.

Boubouillasse avait mis les deux mains sur sa figure. Je me suis demandé si elle pleurait ou si elle riait.

– Ne t’énerve pas, a dit Noël à papa. J’ai décidé d’arrêter de fumer.

J’ai entendu Boubouillasse qui reniflait derrière ses mains.

– C’est bien, a dit papa, un peu calmé. Mais, tu sais, ça n’est pas facile d’arrêter.

– J'y arriverai parce que je l'ai promis, a répondu Noël.

Et il a ajouté en détachant bien les mots :

– Je l'ai promis à ma copine.

Maman s'est exclamée :

– Parce que tu as une copine !

– Mais c'est normal, s'est moqué papa. Il a dix-neuf ans !

Les parents se sont mis à poser plein de questions à Noël. Et qu'est-ce qu'elle fait, ta copine ? Et comment elle s'appelle ? Bouboulillasse a pu s'essuyer discrètement les yeux sur sa serviette.

– Elle est architecte d'intérieur, a répondu Noël. Elle s'appelle Groupie Dupneu.

Papa a regardé maman, l'air complètement raplapla :

– Il est vraiment fou.

Bouboulillasse est partie d'un drôle de rire. Et moi aussi, je me suis mise à rire. Et Noël, et maman. Et papa.

– Je vous la présenterai dimanche, a promis Noël aux parents.

Moi, je la connais déjà, na, na, na ! Mais je ne le dirai pas.

5

LA FIN D'UN ESPION ?

Le dimanche, maman a voulu remettre les meubles du salon à leur place. Boubouillasse s'est affolée. Elle m'a dit à l'oreille :

– Si papa voit le trou de cigarette, il va criser !

Maman était déjà en train de pousser la télévision.

– Aidez-moi, les enfants ! Alizée, va chercher la chaise qui manque !

Puis elle est repartie à la cuisine préparer les

amuse-gueules pour l'apéritif. Noël a soulevé le fauteuil. J'ai regardé le trou. Je ne me souvenais plus qu'il était aussi énorme.

– Attention, voilà maman, a murmuré Boubouillasse.

Elle a mis les pieds sur le trou. Maman a posé les petites saucisses et a regardé ma sœur :

– Va donc chercher la moutarde pour les saucisses.

Boubouillasse était en train de prendre racine. Alors, Noël a lancé :

– J'y vais !

– Et la chaise ? a demandé maman à ma sœur. Tu ne l'as pas rapportée ?

– Je l'ai pas trouvée ! a fait Boubouillasse de sa voix la plus geignarde.

– Mais quelle bûche, quand tu t'y mets ! a grommelé maman en s'éloignant dans le couloir.

Le problème, c'était que ma sœur n'allait pas

pouvoir passer son dimanche les deux pieds sur le trou ! Noël est arrivé de la cuisine avec un petit bol de moutarde à la main.

– Pousse-toi, a-t-il dit à Boubouillasse.

Elle s'est poussée, et le trou est réapparu. Noël a pris une pleine cuillère de moutarde et il a vidé son contenu dans le trou de la moquette. Flic, flic. Puis il a recommencé avec une autre cuillerée. Flic, flic.

Boubouillasse et moi, on l'a laissé faire, épouvantées. Il a vidé tout le bol. Le massacre intégral. C'était tout marronnasse et gluant. Mais ça remplissait bien le trou.

Noël a hoché la tête comme s'il était embêté puis il s'est mis à crier :

– Maman ! Maman ! J'ai tombé !

Maman est arrivée, portant la chaise :

– Qu'est-ce que tu as fait ?... Oh, mon Dieu !

– Le mieux, a dit Noël, c'est de cacher la tache avec le fauteuil.

L'invitée est arrivée juste à la fin de notre deuxième déménagement. C'était bien la fille que j'avais vue dans la chambre de Noël. Super belle ! Elle nous a dit qu'elle s'appelait Arielle Monfort.

– C'est mieux que Groupie Dupneu,

a remarqué papa avec un gros rire.

Arielle a eu l'air surprise. Je crois que Noël ne lui a pas donné de surnom idiot. Il est trop amoureux.

– J'espère que vous ne voulez pas être architecte d'intérieur ? a plaisanté papa, toujours avec son gros rire.

– J'espère bien le devenir. C'est le métier de mon père, a répondu Arielle.

Papa ne savait plus où se mettre. Pour finir, il s'est assis dans le fauteuil qui cache la tache qui cache le trou. J'ai pensé que c'était le bon moment pour lui faire signer mon contrôle.

J'ai couru jusqu'à ma chambre et j'ai rapporté ma feuille avec un stylo. Papa était en train de servir l'apéritif. Je lui ai mis mon contrôle sous le nez. Il a sursauté.

– Hein ? Une signature ? Ce n'est pas le moment, ma puce !

– Mais, après, je vais oublier…

Arielle m'a demandé en quelle classe j'étais, et si j'aimais l'école. Papa a regardé ma feuille et il a marmonné :

– « Nous avons allés. J'ai tombé. » Mais c'est n'importe quoi, ça…

Bouboulllasse est venue à mon aide :

– Bon, tu signes, papa, et tu nous passes les saucisses ?

Papa a signé, puis il m'a regardée, les sourcils froncés :

– Tu me revois ton passé composé, toi ! Tu regarderais un peu moins la télévision, Fantômette et compagnie, tu aurais plus de temps pour les leçons !

– Oh, je les ai tous lus, les « Fantômette » ! s'est écriée Arielle. Je voulais lui ressembler. Pas toi ?

Elle me regardait. Tout le monde me regardait.

Comme si c'était vraiment important. J'ai haussé les épaules, et j'ai répondu :

– Je suis quand même trop grande, maintenant.

Je me demande si je ne ferai pas architecte d'intérieur comme métier. Ça doit être très, très intéressant.

L'ESPIONNE FONDE SON CLUB

1 NOTRE MISSION

J'ai cinq amoureux dans ma classe de CM1. Mais comme on ne peut pas faire des clubs d'amoureux, je leur ai dit qu'on allait plutôt faire un club d'espions.

Espion, c'est le métier que je veux faire plus tard. Donc, il faut que je m'entraîne.

J'ai aussi accepté Angelo dans mon club. C'est le nouveau. Il n'est pas amoureux de moi, mais il veut être espion et champion de boxe thaïe.

– C’est qui qui commande dans le club? a demandé Angelo.

J’ai répondu :

– C’est personne.

Autrement, il allait vouloir être chef. J’ai expliqué à mes amoureux qu’il fallait qu’on change de nom pour être espion.

En vrai, je m’appelle Romarine. Mais quand je suis espionne, c’est 007, comme James Bond.

Angelo a dit :

– Moi, c’est « Personne ».

J’ai compris que c’était une astuce parce que j’avais dit que le chef, c’était personne. Angelo est très intelligent.

D’ailleurs, je n’ai pas tout dit sur Angelo. Il a des yeux un peu verts, un peu gris. Il pince les filles et il a des cheveux en hérisson avec du gel.

Les autres espions de mon club, c’est : Grégory numéro 1, Grégory numéro 2, Jean-Jacques,

Mehdi et Emmanuel.

On a fait notre première réunion d'espions à la récré de la cantine, derrière les cabinets. On s'est mis en cercle pour cacher ce que j'ai sorti de mon cartable. C'était le petit magnétophone que

papa a donné à ma sœur, Boubouillasse. Mais il aurait dû me le donner à moi, parce que c'est très utile pour l'espionnage. J'avais enregistré notre première mission sur une cassette en prenant une voix d'inconnue. On a écouté l'enregistrement, accroupis en rond.

– C'est impossible, comme mission, a dit Grégory numéro 1 en faisant la grimace.

– Moi, je le sais déjà, le prénom de la maîtresse ! a dit Angelo.

On l'a tous regardé comme si c'était un extraterrestre.

– C'est Colin, son prénom.

D'abord, on n'a rien dit. Puis Mehdi s'est mis à rigoler.

– Ah, ah, trop fort ! Colin…

Tout le monde s'est mis à rigoler. Notre maîtresse s'appelle madame Maillard. Alors, ça faisait Colin Maillard. C'était idiot comme blague. Je ne sais pas si je vais garder Angelo dans mon club.

Toutes les filles aiment Angelo. Je ne comprends pas pourquoi. C'est peut-être parce qu'il est beau, et intelligent, et fort, et drôle ? Autrement, je ne vois pas.

2

NOTRE ENTRAÎNEMENT

À la maison, j'ai fabriqué des engins d'espionnage assez perfectionnés. Il y a l'engin de longue portée qui permet d'écouter les conversations à travers les murs. C'est un cornet en carton dont j'ai coupé le bout pointu. Et il y a l'engin de vision rapprochée que j'ai fait avec deux rouleaux de carton scotchés ensemble.

À notre deuxième réunion d'espionnage, j'ai apporté l'engin de vision rapprochée.

– C'est des rouleaux de papier WC, a dit Angelo en faisant une tête de dégoûté.

J'ai répondu :

– Ça va nous servir à espionner les maîtresses à la récré.

J'ai expliqué mon plan. Les maîtresses s'appellent sûrement par leur prénom quand elles parlent ensemble. Il suffit de les espionner avec l'engin de vision rapprochée et on saura le prénom de madame Maillard.

– On verra les maîtresses, mais on ne les entendra pas, a remarqué Mehdi.

Là, j'ai montré que je pensais vraiment à tout :

– On va s'entraîner à lire sur les lèvres.

Pendant toute la récré, on a fait notre première séance d'entraînement. J'ai expliqué :

– Je vais articuler une phrase avec le prénom de la maîtresse, sans faire de bruit. Et vous allez deviner.

– Tu sais le nom de la maîtresse, alors ? a demandé Emmanuel.

Emmanuel est un peu lent du cerveau. J'ai dû expliquer mieux :

– C'est un faux nom pour l'entraînement.

J'ai articulé une phrase et j'ai demandé à mes espions :

– Alors, qu'est-ce que j'ai dit ?

Angelo a répondu :

– Tu as dit : « C'est vous qui avez pété, Claudine ? »

Tout le monde a rigolé. Ça n'était pas très drôle. En plus, j'avais dit : « Comment allez-vous, Catherine ? »

J'ai décidé qu'on allait s'entraîner tout seul devant sa glace. J'ai expliqué lentement à cause d'Emmanuel :

– Vous articulez des prénoms devant la glace et vous voyez la forme que ça fait sur la bouche.

Angelo a commencé à dire des prénoms sans bruit, en faisant plein de grimaces horribles. Les deux Grégory l'ont imité en se demandant tout le temps :

– Et là, j'ai dit quoi ?

Moi, j'ai fait mon entraînement après l'école devant la glace du salon. J'ai articulé des vieux prénoms comme Jeanine et Huguette parce que la maîtresse est assez vieille. Tout d'un coup, j'ai entendu ma sœur Boubouillasse qui hurlait dans le couloir :

– Qui m'a pris mon magnétophone ?

Elle est entrée dans le salon et elle m'a vue :

– C'est toi qui m'as pris mon magnéto ?

J'ai crié encore plus fort qu'elle :

– Tu arrêtes d'accuser sans preuve ! D'abord, c'est rangé n'importe comment chez toi… Tu n'as qu'à mieux chercher !

Boubouillasse m'a jeté un sale regard, mais elle n'a rien trouvé à répondre. Côté mensonge, j'ai déjà un super-entraînement.

3

NOTRE LANGAGE CODÉ

J'ai un carnet spécial espionnage où j'écris tous les secrets que je découvre. Par exemple, j'ai écrit que ma sœur a caché un rouge à lèvres sous son classeur de technologie.

Sur notre maîtresse, madame Maillard, je connais aussi un secret. Je sais qu'elle mange des biscottes parce qu'une fois je l'ai vue à notre boulangerie, et elle a acheté des biscottes. Mais quand on a un secret, on doit l'écrire en langage codé.

J'ai un langage codé que j'ai appris à mes espions pendant la récréation. Il faut prendre un dictionnaire et écrire le mot après le mot qu'on veut écrire.

– Hein ? C'est quoi ? a fait Emmanuel, celui qui est lent du cerveau.

J'ai ouvert mon dictionnaire, qui est plutôt celui de ma sœur, et j'ai cherché à « madame ». Après « madame », on trouve le mot « madapolam » dans le dictionnaire. Donc, il faut écrire en langage codé : « madapolam Maillard ». « Manger », il faut le remplacer par « mangetout ».

– Et pour dire « des biscottes » ? a demandé Mehdi.

On a passé toute la récréation rien que pour écrire une phrase en langage codé. Finalement, à la place de « Madame Maillard mange des biscottes », j'ai écrit :

Pendant qu'on s'entraînait au langage codé, Jean-Jacques surveillait les maîtresses de service avec l'engin de vision rapprochée. J'ai demandé :

– Tu arrives à lire sur les lèvres, maintenant ?

– Pas beaucoup, a dit Jean-Jacques.

Angelo lui a pris l'engin de force en disant :

– Tu es trop nul. Laisse faire le spécialiste.

Il a mis l'engin de vision rapprochée devant ses yeux et il a fait semblant de comprendre la conversation de madame Maillard avec Évelyne, la maîtresse des CE2. Il a pris une voix de dame et il a dit :

– « Mais non, Évelyne, je vous jure, c'est pas moi qui ai pété. C'est la directrice. »

Tous mes espions rigolaient comme des grosses baleines. Je me suis approchée d'Angelo et je lui ai donné un bon coup de dictionnaire sur le bras. Il a laissé tomber mon engin et il a hurlé :

– Mais tu n'es pas bien, toi ? Tu veux que je te démonte ?

Il a lancé son pied en l'air pour faire de la boxe thaïe, et j'ai reçu un super coup dans le ventre. Alors, Grégory numéro 1 et Grégory numéro 2 sont venus à mon secours. Ils ont tapé Angelo, et Angelo s'est enfui. C'est comme ça qu'Angelo est devenu mon « ennemi juré », comme on dit dans « Fantômette ».

Le soir, dans mon carnet d'espionnage, j'ai

écrit : « S'inscrire à un club de boxe thaïe. » À ce moment-là, ma sœur a donné un coup de pied dans ma porte pour entrer. Parole ! Elle doit s'entraîner à la boxe thaïe en secret. Elle a hurlé :

– J'ai plus mon dictionnaire !

J'ai répondu tranquillement :

– Il est sous ton magnétophone.

Ma sœur a commencé à tout soulever, mes oreillers, ma couette, mes peluches. Je criais :

– Mais tu arrêtes, tu arrêtes !

Elle n'a rien trouvé du tout. Son dictionnaire était dans mon cartable, et le magnéto dans mon casier à l'école.

Dans mon carnet d'espionnage, j'ai écrit : « ma sœur est une imbécile » en langage secret. Ça donnait : « Maboul sœurette estacade unanime imbécilement. » Puis j'ai enlevé « sœurette » et j'ai mis « Angelo » à la place. Ça lui apprendra.

4

MON ENNEMI JURÉ

Pendant tout le week-end, j'ai réfléchi aux moyens de découvrir le prénom de madame Maillard. J'étais sûre qu'Angelo chercherait à le savoir avant moi. Je n'allais quand même pas fouiller dans le sac de la maîtresse pour trouver sa carte d'identité !

L'autre solution, ce serait d'interroger Évelyne. C'était ma maîtresse en CE2. Mais elle me trouverait bien curieuse et il ne fallait pas qu'elle se doute que je suis espionne.

Le lundi, en arrivant à l'école, je ne savais toujours pas quoi faire. Angelo est entré sous le préau presque en même temps que moi. On s'est regardés sans rien se dire.

À la récréation de dix heures, Évelyne était la maîtresse de service. J'ai vu Angelo qui s'approchait d'elle et j'ai eu un soupçon. Il allait lui demander le prénom de madame Maillard. Vite, je me suis approchée d'Évelyne.

À ce moment-là, notre maîtresse est passée dans la cour et Évelyne lui a fait un signe de la main :

– Au fait… bonne fête !

Madame Maillard s'est mise à rire :

– Tu es bien la seule à y avoir pensé !

Angelo et moi, on s'est regardés, toujours sans rien se dire. On était le 18 février, et c'était la fête de madame Maillard. Angelo a eu un mauvais sourire. Il avait un plan. Mais j'avais le même que lui.

Il y a un calendrier dans notre classe, près du tableau. Il suffisait de regarder la sainte du jour. J'ai vu Angelo qui partait comme une flèche. Horreur ! Il allait remonter en classe et avoir l'information avant moi. J'ai complètement oublié que c'est interdit d'aller en classe pendant la récréation et j'ai couru derrière lui.

5

C'EST MA FÊTE !

Notre classe est au deuxième étage. J'étais tout essoufflé en entrant. Enfer ! Angelo était déjà arrivé. Il était près du calendrier et il a crié :

– Bonne fête, Bernadette !

La maîtresse s'appelle Bernadette Maillard. J'ai crié :

– Je m'en fiche ! De toute façon, tu n'es plus espion !

Il s'est approché de moi et j'ai compris qu'il

allait me refaire le coup de la boxe thaïe. Je me suis sauvée dans l'escalier, et il a couru derrière moi.

– Mais qu'est-ce que c'est que cette cavalcade ? a fait une grosse voix au premier étage.

C'était madame Maillard.

– D'où sortez-vous, tous les deux ?

J'ai ouvert la bouche pour dire un mensonge. Mais madame Maillard ne m'a pas laissée parler.

– C'est interdit d'aller dans les classes pendant les récréations ! Vous me le copierez cent fois, tous les deux.

On est redescendus avec la maîtresse et elle nous a fait mettre au coin dans la cour, avec les mains sur la tête. C'était vraiment une punition de bébé, et j'avais super la honte. Je me suis dit que l'espionnage, ça rapporte plus d'ennuis que de secrets et que j'allais arrêter d'espionner.

J'ai regardé un peu sur le côté pour voir la tête

que faisait Angelo. Il me regardait aussi. Il a cligné de l'œil. Il a dit :

– Hé, Bernadette, c'est toi qui pètes ?

J'ai essayé d'étouffer mon rire et j'ai fait : « ppfff ». Angelo a répété :

– Tu pètes, Bernadette ?

Je me suis mise à rire. Je ne pouvais plus m'arrêter. C'est mon ennemi juré, Angelo. Mais franchement, il est trop rigolo.

L'ESPIONNE DÉCLONE

1

PREMIER ANNIVERSAIRE DE FILLES

J'ai attendu le dessert pour annoncer la grande nouvelle :

– Marie-Eugénie m'a invitée à son anniv' !

J'ai sorti son invitation, pliée en douze, de ma poche de jeans et je l'ai posée sur la table en la repassant avec la main.

Marie-Eugénie a dessiné un gâteau avec neuf bougies, mais on dirait plutôt une soucoupe volante. Je n'ai pas critiqué parce que c'est la

première fois qu'une fille m'invite à son anniversaire.

– Pincez-moi ! a crié mon grand frère, Noël. Marie-Eugénie, c'est bien un nom de fille ?

– Tu as des copines, maintenant ? a fait ma sœur, l'air étonné.

J'ai dit d'une voix énervée :

– On peut faire un club d'espions avec des garçons ET avoir des copines !

– Mais bien sûr, Romarine, m'a approuvée maman. Tu débarrasses, ma chérie ?

D'abord, je me suis croisé les bras pour être sûre de rien faire. Puis j'ai changé d'idée et j'ai aidé maman. J'avais un plan.

– Il y a beaucoup d'invités à cet anniversaire ? m'a demandé maman dans la cuisine.

– Non, on sera quatre en tout.

J'ai jeté un coup d'œil dans le couloir pour vérifier que Noël était bien retourné dans sa chambre et j'ai ajouté :

– On jouera à la Diva Doll. C'est un genre de poupée.

Depuis que je suis espionne, je ne joue plus à la poupée, sauf une fois où on a inventé que ma Barbie Coiffure était piégée à la bombe.

– Les filles vont toutes amener leur Diva Doll. Et moi, j'en ai pas.

J'avais pris ma voix pleine de larmes. Avec maman, ça suffit. Avec papa, il faut pleurer vraiment.

– La mieux, c'est la Diva Glamour. Il y a aussi la Cool, la Sport…

– Et ça se trouve où, ces merveilles ?

– À Monop' ! Je pourrai avoir la Diva Glamour ?

Je faisais des petits bonds en l'air. Je ne peux pas m'en empêcher quand je sens que maman va craquer.

– Elle est TROP bien. Je l'ai vue à la publicité. On peut lui faire des tatouages. Marie-Eugénie a la Diva Fun, Fatiah a la Diva Collège et Margaux a la Diva Bohême. Moi, j'amènerai la Diva Glamour. Hein, maman, hein ?

– Oui, oui, mais arrête de sauter.

2

LA DIVA DU MONOP'

Le samedi, on est allées toutes les deux au rayon jouets du Monop'. Il fallait aussi que j'achète un cadeau pour Marie-Eugénie, mais pas une Diva, parce qu'elle en aurait deux et on serait jalouses.

– C'est ça, tes Doll Machin ? a fait maman.

– C'est trop cool, hein ? Tu as vu, elle a des semelles compensées. Tu aimes ?

– C'est atroce. Cette tête qu'elle a !

– Ça se dévisse. On peut lui mettre une tête de Cool ou de Fun à la place. Tu aimes ?

– C'est atroce, a répété maman.

Je lui ai tout sorti : que les poupées n'étaient plus comme de son temps, que les filles ne joueraient pas avec moi à l'anniversaire, que j'étais la seule de l'école à ne pas avoir de Diva et que je ne demanderais rien d'autre jusqu'à Noël. Dans la queue à la caisse, maman répétait toujours :

– Pourquoi ils font des choses aussi atroces pour les enfants ?

J'ai répondu avec ma voix énervée :

– Parce que les enfants aiment les trucs moches.

Tout le lundi, Marie-Eugénie, Fatiah et Margaux ont parlé de leur look pour mercredi. Fatiah se ferait des petites tresses africaines. Margaux a dit qu'elle se maquillerait pour de vrai. Marie-Eugénie mettrait son pull qui montre le nombril et qui est interdit à l'école. J'étais démoralisée.

Le soir, je me suis regardée dans la glace du salon, je n'avais aucun look.

Et là, catastrophe ! j'ai vu mon frère dans le miroir. Il m'a dit :

– Problème ?

Noël ne fait que m'embêter en ce moment. J'ai répondu :

– Je t'espionne, moi ?

Il a ri et s'est baissé pour se mettre à ma hauteur :

– Qu'est-ce qu'elle a, ma diva ?

Là, j'ai craqué.

– Je suis pas diva du tout !

Je lui ai tout raconté pour les tresses africaines de Fatiah et le maquillage de Margaux.

– Je vais être nulle, mercredi.

– Tu n'as qu'à te coiffer avec des mèches bleues et des mèches rouges. C'est le look pétard.

J'ai écarquillé les yeux. Trop méga. Puis je me suis renfrognée.

– Problème ? a fait Noël.

– Maman ne voudra pas.

– Quel est l'imbécile qui te garde, le mercredi ? m'a demandé Noël.

Je lui ai passé les bras autour du cou :

– Toi.

3

NUMÉRO-DEUX

Madame Lormont, la maman de Marie-Eugénie, avait aussi les cheveux en pétard, le mercredi, avec des mèches pleines de farine.

– J'ai voulu faire une pièce montée, a-t-elle expliqué à Noël.

Elle avait des larmes dans les yeux. Ça devait être tout raté. Les autres filles étaient déjà arrivées. Elles ont fait : « Trop cool ! » quand elles ont vu mon look.

– Et on a acheté la Diva Glamour, a crâné mon frère en prenant une voix de fille.

Je l'ai poussé vers la sortie, vite fait.

– Vous venez dans ma chambre ? nous a demandé Marie-Eugénie.

– Vous gardez Jean-Côme avec vous ! a ordonné madame Lormont.

C'est le petit frère de Marie-Eugénie. Il a cinq ans.

– Mais, maman, on va jouer à des jeux de fille !

Madame Lormont a hurlé :

– C'est une fête et tout le monde a le droit d'en profiter !

On a filé vers la chambre, la tête baissée, avec Jean-Côme qui boudait. Pour remettre un peu d'ambiance, j'ai donné mon cadeau à Marie-Eugénie. C'était un minisac à dos hyper trop mode. Je demanderai le même à mon anniversairc.

– On joue aux Diva ? a proposé Marie-Eugénie.

J'étais contente d'avoir la Glamour. Elle est mieux que les autres.

– Regarde mon cadeau d'abord, a dit Fatiah avec un air de mystère.

Et là, catastrophe ! cette idiote avait acheté une Diva Glamour, exactement la même que la mienne.

– On dirait que ça serait des jumelles, a commencé Margaux. Elles s'appelleraient Ludivine et Ludmilla.

J'ai déjà remarqué que les filles trouvaient toujours des noms tartes pour les poupées.

– Trop cool ! se sont écriées Fatiah et Marie-Eugénie.

– Trop moche, a marmonné Jean-Côme.

– Alors, toi, Jean-Coin-Coin, tu fermes ton bec, a dit sa sœur.

On a ricané. Puis Margaux nous a raconté l'histoire des sœurs Glamour.

– Ludivine serait dans un club de pom-pom girls et Ludmilla, elle n'y serait pas, parce que les autres filles ne voudraient pas de jumelles dans leur club. Alors, Ludmilla serait désespérée et elle irait se faire un look de Fun pour qu'on ne la reconnaisse pas.

– Trop bête, a bougonné Jean-Côme.

Fatiah a dévissé la tête de la Fun pour la mettre à ma Glamour. J'ai senti que je n'allais pas m'amuser du tout.

– Une poupée sans tête! a couiné Jean-Coin-Coin.

Il a attrapé la Fun et il a fait :

– Ha, ha, je suis la Diva fantôme, je coupe les têtes des filles avec mon sabre de la mort.

Il donnait des coups de Diva dans le vide. Il était trop marrant.

Mais Marie-Eugénie s'est redressée, furieuse :

– Je vais le dire à maman ! Rends-moi ma Fun !

– Viens me chercher si tu l'oses ! a dit Jean-Côme en sautant sur le lit. Je suis le fantôme de la Diva qui pète.

J'étais écroulée de rire. Les autres m'ont regardée et ont crié :

– Mais c'est PAS drôle !

– On ne va jamais pouvoir jouer !

Je me suis approchée du lit et j'ai mis les poings

devant moi, comme Angelo quand on l'embête :

– Jean-Côme, tu rends la Fun ou je te mets la tête au carré.

Il s'est arrêté de sauter et il m'a jeté la poupée à la figure. Ça valait mieux parce que je ne sais pas à quoi ressemble une tête au carré.

J'ai attrapé ma Glamour et j'ai dit :

– Elle ne s'appelle pas Ludmilla. Elle s'appelle Numéro-Deux. Ce n'est pas une jumelle, mais elle est exactement comme Ludivine parce que c'est… un clone.

Il y a eu un silence puis Margaux a demandé :

– C'est quoi déjà un clone ?

– C'est une imitation. On prend un morceau microscopique de quelqu'un sans lui dire et on fait la multiplication de ses particules. C'est un genre de chose scientifique.

Les filles fronçaient les sourcils. Jean-Côme suçait son pouce.

Alors, j'ai pris une voix très basse pour leur faire peur :

– Numéro-Deux est très méchante. Elle veut tuer Ludivine pour avoir sa place chez les pom-pom girls. Et si on n'invente pas une machine à décloner, on va tous être remplacés par nos Numéro-Deux.

– C'est vrai ? a demandé Jean-Côme.

4

MISSION DÉCLONAGE

Marie-Eugénie a un tableau blanc avec des feutres. J'ai dessiné le plan d'une machine à décloner.

– Ça va être difficile à fabriquer, a dit Fatiah.

J'ai poussé un soupir et j'ai répondu :

– C'est de la « haute technologique », mais on va y arriver.

J'ai énuméré tout ce qu'il me fallait : une boîte en carton, du papier, de la colle, des ciseaux, des feutres rose, rouge et violet, un trombone déplié et un entonnoir.

L'emballage de la Diva Glamour a servi pour le récepteur. J'ai découpé une bande de papier cadeau pour faire le régleur et je l'ai colorié de trois couleurs différentes.

J'ai expliqué :

– Le rose, c'est force faible, le rouge, c'est force moyenne et le violet, c'est force maximum. On règle la force avec le trombone.

J'ai percé trois trous dans le régleur, un par couleur.

– Quand on enfonce le trombone dans le trou du violet, on a un captage au maximum.

– Mais on capte quoi ? a dit Margaux, qui ne captait rien depuis le début.

J'ai répondu :

– On capte les particules.

– Quelle partie ? s'est étonné Jean-Côme.

– Toi, coin-coin ! lui a dit sa sœur pour qu'il se taise. Je vais chercher l'entonnoir.

Elle m'a fait un signe de tête :

– Tu viens avec moi ?

Madame Lormont était dans sa cuisine. Elle regardait sa pièce montée, l'air découragé.

J'ai remarqué :

– Elle est un peu enfoncée au milieu.

– Je n'ai pas besoin que tu me le dises pour le voir ! s'est énervée madame Lormont. Et toi, qu'est-ce que tu fais dans les placards ?

Marie-Eugénie cherchait notre capteur à particules. Il fallait que je détourne l'attention de sa mère. J'ai demandé :

– On sera obligés d'en manger ?

J'ai cru que madame Lormont allait me bouffer. À ce moment-là, patatras, Marie-Eugénie a renversé tout un tas de casseroles sur le carrelage.

– Mais qu'est-ce qu'elle me fait ? a crié madame Lormont. Sortez-moi de cette cuisine !

J'ai aperçu l'entonnoir par terre. Vite, je l'ai attrapé et je l'ai mis dans mon dos.

On s'est sauvées avec le capteur.

– Mission accomplie ! a annoncé Marie-

Eugénie aux autres filles.

On a enfoncé le capteur dans le récepteur. Notre machine était terminée.

– C'est nul, a critiqué Jean-Côme.

– Tu veux que je te déclone ? a demandé sa sœur en tournant le capteur vers lui.

Il est parti en courant vers la cuisine. Il criait :

– Maman, maman ! Marie-Eugénie, elle déclone !

Je crois que sa mère a compris autre chose parce qu'il s'est pris une claque. Puis elle nous a appelées pour le goûter.

5

TOUT MOU

Madame Lormont avait fait une décoration avec des serviettes en papier Harry Potter et des assiettes en carton Tom-Tom et Nana. C'était un peu mélangé, mais c'était bien quand même. Madame Lormont a apporté le gâteau en chantant : « Happy birthday to you. »

– Il est tout « moulasse », a fait Jean-Côme d'un ton dégoûté.

Les bougies s'enfonçaient dedans.

– J'ai pas très faim, a dit Fatiah.

Marie-Eugénie a soufflé ses bougies. On a applaudi et Jean-Coin-Coin a voulu attraper l'Orangina derrière le gâteau. La bouteille lui a glissé des mains et elle s'est renversée sur la pièce montée. On a poussé des tas de cris pour faire l'ambiance. Coin-Coin pleurait très fort pour ne pas se prendre une autre claque.

– Oh ! a dit Margaux, il y a un petit bassin au milieu du gâteau.

Madame Lormont a tout essuyé en n'arrêtant pas de dire qu'elle s'en souviendrait. Puis elle nous a servi des parts de bouillie de gâteau.

– Hmm, c'est superbon, a dit Jean-Côme. Ça a goût d'Orangina.

On en a tous mangé deux fois. Après le goûter, on est repartis dans la chambre.

– On continue le jeu du déclonage ? a demandé Fatiah.

Je me suis tournée vers Marie-Eugénie en prenant un air de soupçon.

– Ta mère, elle rate souvent les gâteaux ?

– Jamais.

– J'en étais sûre. C'est pas ta mère. C'est une

Numéro-Deux.

J'ai eu peur que Jean-Côme se mette à pleurer. Mais non, il a juste dit :

– Ma vraie mère ne donne pas de claque.

Ça se confirmait : madame Lormont était un clone. Nous allions la viser avec le capteur.

– Et qu'est-ce qui va se passer ? m'a questionnée Margaux.

– Elle va se désintégrer.

On est partis à la queue leu leu dans le couloir. Madame Lormont-Numéro-Deux s'était réfugiée dans la cuisine. Elle faisait semblant de laver des plats comme une mère normale. On était tous bien aplatis contre le mur. Jean-Côme n'arrêtait pas de rire et de chuchoter, et j'ai dû lui plaquer ma main contre la bouche.

Marie-Eugénie a braqué le capteur sur sa fausse mère.

– Force maximum, lui a conseillé Fatiah.

Et là, enfer et ratage, le régleur s'est bloqué à force faible. On a dû repartir dans la chambre en courant.

J'ai débloqué le trombone et je l'ai enfoncé dans le violet.

– Et si madame Lormont n'est pas un clone ? m'a demandé Margaux. Qu'est-ce que va lui faire le capteur ?

– Ça tue pas, a répondu Jean-Côme. Ça « ramoulit » le cerveau. Il devient comme le gâteau.

On a ricané. Il est malin, le petit frère de Marie-Eugénie. J'ai expliqué que je savais faire la différence entre un clone et un vrai humain.

– Mais il faut que je fabrique un analyseur de particules. Pour ça, il me faut une loupe, une pince à épiler…

Les filles ont poussé des soupirs.

– C'est pas marrant, a dit Margaux. On te

regarde fabriquer et on s'embête. Moi, je préfère jouer aux Diva. La mienne s'appelle Priscilla et elle serait vétérinaire de cheval.

Fatiah a pris sa Diva Collège et elle a dit qu'elle s'appellerait Pâquerette et qu'elle serait la cousine de Priscilla.

– Et leur mère, elle serait morte et elles habiteraient ensemble…

Je les ai regardées sans jouer. C'était trop compliqué, leurs histoires. Soudain, j'ai senti qu'on me tirait par le bras. C'était Jean-Côme. Il avait trouvé la loupe et la pince à épiler.

6

UNIQUE AU MONDE

On s'est assis sur le lit, Jean-Côme et moi, et j'ai dessiné le plan de l'analyseur.

– Et la pince, c'est pour quoi ? m'a demandé Jean-Côme.

– C'est le préleveur de particules. On arrache un poil et on fait l'analyse. Mais il me faut du produit à vaisselle pour la réaction chimique.

Jean-Côme est parti en courant vers la cuisine. En l'attendant, j'ai essayé de m'arracher un poil

à la jambe. Je ne crois pas que je suis un clone, mais c'est quand même mieux de vérifier.

Jean-Côme est revenu avec du produit à vaisselle tout orange. Je lui ai dit qu'on allait faire l'expérience sur moi et qu'on la ferait avec sa mère une autre fois.

– Oui, parce qu'aujourd'hui, elle est de mauvais poil, m'a répondu Jean-Côme.

C'est incroyable ce qu'il est drôle pour cinq

ans ! Pendant ce temps, Fatiah faisait la voix de Pâquerette en train de pleurer parce que son cheval chéri était devenu aveugle.

– Mais pourquoi vous riez ? m'a demandé Marie-Eugénie.

Elle avait l'air en colère.

– Toi, coin-coin ! lui a dit son frère.

J'ai cru que ça allait faire la bagarre. Heureusement, on a sonné à la porte.

– C'est ta maman, Romarine ! m'a appelée madame Lormont.

Maman m'attendait dans l'entrée. Elle a ouvert de grands yeux en voyant ma coiffure. J'ai dit :

– Problème ?

Maman a marmonné :

– Toi et Noël, vous vous y entendez pour les bêtises.

Puis elle a demandé aux copines si on s'était bien amusées avec les Diva. Marie-Eugénie a raconté le jeu de la vétérinaire de cheval.

Pour faire son intéressante, elle a ajouté :

– C'est le métier que je veux faire plus tard.

– Moi, plus tard, a dit son petit frère, je veux être décloneur.

– Jean-Côme ! a grondé madame Lormont qui avait encore mal compris.

On s'est fait des bisous et j'ai pensé à remercier pour le gâteau. Jean-Côme m'a tirée par le bras et il m'a tendu un bout de papier. J'ai regardé dans l'ascenseur. Il avait dessiné un cœur. Je ne suis pas une diva, mais tous les garçons sont amoureux de moi.

À la maison, maman m'a rincé les cheveux. Le bleu et le rouge s'en allaient dans le lavabo. C'était triste comme une fête qui est finie. Alors, pour me consoler, j'ai coupé les cheveux de ma Glamour et je lui ai fait des mèches avec mes bombes de

couleur. Puis je l'ai habillée avec mon costume de Ken, star du rock.

On a frappé à la porte de ma chambre. J'ai cru que c'était Noël et j'ai crié en brandissant ma poupée :

– Regarde ! C'est la Diva Pétard !

Mais c'était maman. Elle a fait un « ooh » tout désolé. J'ai dit d'une petite voix :

– Tu aimes ?

Elle a froncé les sourcils, pas trop contente. Je lui ai expliqué :

– Je ne veux pas que ma Diva ressemble à celle de Marie-Eugénie. Comme ça, elle est unique au monde.

Maman a souri et elle m'a dit :

– Toi aussi.

PEFC
10-31-1601
Certifié PEFC
pefc-france.org

Imprimé avec des encres végétales